KB003621

세월이 무엇입니까

황금알 발간 – 정완영 시집

구름 山房산방(2010)
詩菴시암의 봄(2011)
세월이 무엇입니까(2011)

황금알 시인선 47

세월이 무엇입니까

초판인쇄일 | 2011년 12월 9일
초판발행일 | 2011년 12월 24일

지은이 | 정완영
펴낸곳 | 도서출판 황금알
펴낸이 | 金永馥
선정위원 | 마종기 · 유안진 · 이수익
주 간 | 김영탁
편집실장 | 조경숙
표지디자인 | 칼라박스
주 소 | 110-510 서울시 종로구 동숭동 201-14 청기와빌라2차 104호
물류센타(직송 · 반품) | 100-272 서울시 중구 필동2가 124-6 1F
전 화 | 02)2275-9171
팩 스 | 02)2275-9172
이메일 | tibet21@hanmail.net
홈페이지 | http://goldegg21.com
출판등록 | 2003년 03월 26일(제300-2003-230호)

ⓒ2011 정완영 & Gold Egg Publishing Company Printed in Korea

값 8,000원

ISBN 978-89-97318-02-5-03810

세월이 무엇입니까

정완영 시집

황금알

세월이 무엇입니까

세월이 무엇입니까 젖은 모래성입니까
아니면 손사래로 빠져나간 꿈입니까
이달도 마지막 하루가 촛불처럼 다 탑니다.

하루 가면 하루만큼씩 이승은 멀어지고
어제 죽어 묻힌 벗이나 구름결을 생각하며
뻐꾸기 울음소리가 산 빛 엮어 내립니다.

시름이 가슴에 고이면 소沼가 된다 하옵기에
산다는 이치 하나로 한 세월을 흘려놓고
망초꽃 흩어진 사연을 강기슭에 줍습니다.

* 이 시집에 실린 작품들은 기발표작과 미발표작이 혼재해
있다는 것을 말해 둔다. 내가 60여 년동안 쓰고 지우고
했던 고심苦心의 날의 흔적, 그 허접쓰레기들을 낙엽처럼
긁어모아 천지간天地間에 분축焚祝 드리는 심정이라고나
할까. 지난해는 단수집單首集, 올해는 2수연작首連作, 모두가
한 생生을 마무리는 작업이라고나 할까.

차 례

1부

귀고歸故 · 12
부자상 · 13
뻐꾸기 우는 마을 · 14
상실의 노래 · 15
우리 할아버지는 · 16
옛날 우리 할아버님은 · 17
가리개를 보내며 · 18
기일忌日에 · 19
용배 못물 · 20
한가위 고향 · 21
선사先史 고향 · 22
고향마을 다녀와서 · 23
한 구십 산 후에야 · 24
세월이 간다 · 25
애생 무한 · 26

2부

봄이 온들 뭘 할까만 · 28

그래도 봄은 오네 · 29

봄바람에 · 30

봄나들이 · 31

버들꽃 날리는 날 · 32

가을이여 · 33

구월이 오면 · 34

가을 앓이 · 35

추청秋晴 · 36

잔양기殘陽記 · 37

가을 답신 · 38

겨울이 오면 · 39

삼동三冬의 시 · 40

춘소우春宵雨 · 41

대춘부待春賦 · 42

3부

작약 순 오르는 날 · 44

연밭에서 · 45

연잎 우산 아주까리 우산 · 46

목련 심경心經 · 47

해바라기 삼장三章 · 48

갈밭에 누워 · 49

황국화黃菊花 · 50

감 · 51

황국화 밝힌 밤에 · 52

모과 · 53

꿀 따러 가세 · 54

강 · 55

4부

하늘 아래 살고싶다 · 58

조국 · 59

날빛 잔치 · 60

애모愛慕 · 61

조그만 날의 곡조 · 62

설화조設話調 · 63

종주終走 · 64

세월의 흔적 · 65

탑 · 66

조인釣人일기 · 67

산이 나를 따라와서 · 68

내 마음이 있습니다 · 69

5부

그 친구가 보고싶다 · 72

상주로 가는 길 · 73

서울 조춘 · 74

서울의 버들가지 · 75

겨울 관악 · 76

관악산 · 77

춘천 가는 길 · 78

정선 아리랑 · 79

팔당八堂에 와서 · 80

양수리 연밭 · 81

청주행淸州行 · 82

백제 고분에서 · 83

불국사 봄에 와서 · 84

을숙도乙宿島 · 85

제주를 가며 · 86

보문사에 올라 · 87

적조암寂照菴 · 88

공림사空林寺 · 89

설산雪山 앞에서 · 90

1부

귀고歸故

1
입동 철 어머님은 흰옷만도 추웠는데
윗 냇물 냇물에 앉아 씻어 올린 그 배춧잎
흡사 그 배춧잎 같은 손이 시린 고향 하늘.

2
미루나무 노오란 가지, 노오란 잎이 달려 있고
돌담 위에 깨진 옹기, 깨진 시름 얹혀 있고
햇빛도 고향 햇빛은 이내 지고 말더라.

3
정이 이리 미욱하여 다시 뜨는 순이 생각
홀로 사는 처마 밑이 그 얼마나 끌었을까
내가 준 손톱자국이 초승달로 걸렸다.

부자상

사흘 와 계시다가 말없이 돌아가시는
아버님 모시 두루막 빛바랜 흰 자락이
웬일로 제 가슴 속에 눈물로만 스밉니까.

어스름 짙어 오는 아버님 여일(餘日) 위에
꽃으로 비쳐 드릴 제 마음 없아오메
생각은 무지개 되어 고향길을 덮습니다.

손 내밀면 잡혀질 듯한 어린 제 시절이 온대
할아버님 닮아가는 아버님의 모습 뒤에
저 또한 그날 그때의 아버님을 닮습니다.

뻐꾸기 우는 마을

오월 푸른 아침을 양치하며 뜰에 내리니
피 뱉듯 붉은 피 뱉듯 모란꽃잎 만큼씩 한
뻐꾸기 울음소리가 세숫물에 떨어진다.

수심도 골이 깊으면 저 산만은 한 것인가
앞산에서 네가 울면 앞산이 궁궐만 하고
양칫물 뜨다 논 사발에 수복 무늬가 동동 뜬다.

한세상 사는 법을 물 한 그릇 보듯 하자
봄 한 철 내 얼굴도 뻐꾸기를 닮아가고
이런 날 청산 한 자락 사무치는 내 노래여.

상실의 노래

그 옛날 고향마을은 고목나무에 걸려 있었네
내가 띄운 가오리연도 하늘가는 흰 구름도
해 질 녘 나를 부르는 울 어머니 목소리도.

휘영청 둥근 달도 고목나무 가지 위에
북두칠성 별자리도 고목나무 가지 위에
새벽빛 동 터는 하늘도 그 위에서 밝아 왔었네.

가지에 걸어 둔 노래는 비바람이 걷어가고
휘어진 고목나무는 먼 하늘이 데려가고
세월이 두고 간 그림자 저만 혼자 지쳐 누웠네.

우리 할아버지는

우리 할아버지는 눈을 뜨고 계시다가도
진지를 드실 때에는 눈을 반은 감으신다
그래야 밥맛도 입맛도 입에 꼭꼭 씹히신단다.

우리 할아버지는 눈을 뜨고 계시다가도
말씀을 하실 적에는 눈을 지그시 감으신다
그래야 할 말 못 할 말 절로 분별이 되신단다.

우리 할아버지는 눈을 뜨고 계시다가도
고향이야기 하실 적에는 눈을 깊숙이 감으신다
그래야 어린 시절이 눈에 삼삼 잡히신단다.

옛날 우리 할아버님은

옛날 우리 할아버님은 한 세상을 가는 법으로
손주를 어루만지며, 국화 한 포기를 가꾸시며
기러기 달 하늘 건너듯 팔십 평생을 건너셨다.

천지에 초가 한 채를 왕토王土처럼 누리시며
흰 수염 빛나는 백발을 태산처럼 쌓으시며
귀뚜리 우는 밤이란 등불 하나를 달래셨다.

바둑돌 놓는 법이나 먼 강물을 보내는 법이나
말머리 백운을 싣고 돌아드는 청산에나
하 그리 세월이 무거워 탑처럼 기우셨다.

가리개를 보내며

내가 네게 무엇을 주랴, 이 간곡한 정을 주랴
소슬 대문 그 한 채만 한 덩그런 정을 주랴
가리개 한 채를 만들어 딸 아이 집 보내 준다.

유월 산 뻐꾸기처럼 골 깊이에 울어지는
화선지 엷은 한 장에 번져 나간 먹물처럼
이 아비 아득한 눈물을 너흰 측량 못 하리라.

시집은 자식만 길러 보내는 줄 알았는데
가리개도 팔십을 넘으면 구름 타고 시집가더라
아버님 내 할아버님 시를 싣고 둥실 가더라.

기일료日에

어제는 당신 10주기, 또 한 해가 흘러갔소
아이들 모두 모였다 말수 없이 흩어지고
김포로 이사 간단 말, 내 앞날도 선포했소.

고향 동생, 부산 여동생, 안부전화 걸려오고
밤에는 적막한 등불 일찌감치 자리 깔고
누워서 황순원 '소나기' 심야 프로도 감상했소.

시냇물, 외나무다리, 푸른 들녘, 앞산 뒷산
깨금발 뛰놀던 소년, 나비처럼 날던 소녀
흘러간 구십 년 세월 꿈속에 푹 젖었었소.

용배 못물

이따금 고향에 갈 때면 고속버스를 타고 간다
추풍령 먼발치에 '용배'라는 못이 있어
못물에 아버님 옛 모습 일렁이기 때문이다.

낚대로 세월을 낚던 아버님은 길 떠나고
그 못 물 입고 서서 깃을 빗는 물새 한 쌍
못 물이 "누구냐?" 물으며 눈 비비기 때문이다.

오늘은 아버님 그림자 갈대꽃이 비춰주고
갈대꽃 사이사이 일렁이는 그 못 물이
가슴에 눈물을 담으며 울고 있기 때문이다.

한가위 고향

해님이 내려와서 지붕 위에 올라앉아
둥근 박이 된 마을이 내 가슴엔 늘 있고요
흰 구름 삼삼한 하늘에 달 가는 밤이 있습니다.

잠자리 나래 깃에도 다 실리는 고향 하늘
그 누가 뭐랬을까 내 눈물도 실리고요
몽매에 사무쳐오는 우리 선산이 있습니다.

어머니가 죽어가서 구절초가 된 산자락
옷자락에 묻은 정이 구름 결에 가 닿고요
불어도 꺼지지 않는 등불이 거기 있습니다.

선사先史 고향

높지도 않은 그 산, 깊지도 않은 그 물
그래도 그 산 그 물 무엇인가 비칠 듯해
닦으면 닦아낼수록 청동거울 같은 고향.

하늘에 빗살무늬 기러기 떼 날아가고
사계의 비바람이 어루만진 무문토기無文土器
세월이 흐르질 못하고 거기 숨어 살더이다.

애당초 고향이야 깊이 잠든 선사시대先史時代
파보면 파 볼수록 출토되는 햇살이여
한결로 별빛에 가 닿는 제기祭器 아니 오리가.

고향마을 다녀와서

직지사 인경소리가 먼 들녘을 헤매다가
끝내는 내 가슴 찾아와 떨어지던 고향마을
살구꽃 등 달던 마을도, 내 소년도 이젠 없네.

바위도 가슴을 열고 기다리던 샘터에는
설친 잠 아낙네들, 종종걸음 내 누이들
새벽 달 건지러 안 오고 다들 어딜 갔는가.

눈 감으면 그리움 한 줌, 눈을 뜨면 적막 한 줌
목 꺾인 해바라기엔 기름 같은 눈물 한 줌
등잔불 꺼지면 어쩌나, 잔을 붓고 돌아선다.

한 구십 산 후에야

한 구십 산 후에야 제주도에 건너가서
차 한 잔 받아놓고 한 세월을 바라 보아라
찻잔 속 파도에 밀리는 섬 하나가 떠 있을라.

물결로 둘렸으니 6대주가 다 섬이고
별빛 아래 혼자 서면 절도絕島아닌 사람 없네
수평선 멀다고 해도 속눈썹에 다 실려.

잘못된 세상살이 업지른 물 견주지만
쏟아도 못 본다면 우리 꿈을 어일거나
저것봐 하늘이 쏟뜨린 저 바닷물, 저 유채꽃.

세월이 간다

고속버스 정류장까지 이십 리 길 따라나와
손 흔들며 배웅해 준 텃끼 없던 고향 친구들
그날 그 주름 진 얼굴이 햇살처럼 번져난다.

두엄 냄새 물씬 풍기는 자라 같은 손을 내밀어
인생이 반은 허물인 날 보내는 인사법들
"조카 니 언제 또 올래" 먼 하늘에 솔개가 돌데.

세월에 핑계가 많아 돌아 못 간 수 삼 년에
더러는 이미 산자락 숙과熟果처럼 떨어지고
생각만 고향 까치집 뎅그맣게 걸려 있다.

애생 무한

푸르다 푸르다 못해 울고파진 하늘 아래
촛불처럼 타 흐르는 애달픈 목숨일레
흐느껴 새기는 보람 눈물 같은 유열이여.

고향은 멀리 두고 바라는 맘 더욱 좋고
사랑도 보내놓고 애타는 정 더 그리워
꿈같은 안타까움이 설레이는 내 젊음.

진달래 들국화야 임자 있어 가꾸랴만
봄가을 물 구름이 절로 흘러 피고 지고
먼 후일 휘날릴 나의 백발 또한 꽃일진저.

2부

봄이 온들 뭘 할까만

입춘도 이미 지나고 내일 모래가 우수절인데
봄은 어디쯤 와 있는가, 내 고향에 와 있는가
아니면 추풍령 고갯마루에 자리 깔고 앉았는가.

동구 밖 나와서서 산모롱이 눈길 주며
오일장 보러 간 엄마 기다리는 소년처럼
나는 왜 기다려지는가, 이 봄 자꾸 설레는가.

춘래불사춘春來不似春인데 봄이 온들 뭘 할까만
장에 간 엄마 같은 봄, 또 한 봄은 기다려져
기찻길 돌아간 산굽이 두릅순이 자꾸 오른다.

그래도 봄은 오네

세상 일 한 치 앞도 내다볼 수 없다지만
그래도 오는 봄을 막을 수야 없지 않는가
찬바람 붕대를 푸는 꽃가지를 보더라도.

보슬보슬 보슬비 소리가 유리창에 매달리고
따르릉! 전화벨 소리가 수화기에 매달린다
그렇게 쥐죽은 듯이 눈을 감고 있더니만.

"할아버지! 할아버지! 봄이 오면 꽃구경 가요"
"오냐, 그러자꾸나! 꽃구경 가자꾸나"
내 손녀 어여쁜 눈망울 꽃가지에 매달린다.

봄바람에

실개천 버들가지도 눈을 뜨는 사랑으로
진달래 묵은 덩굴에 더운 숨을 불어넣고
게으른 눈 녹이 마을 녹 쓴 종을 울려라.

연분홍 아롱아롱 햇물 젖어 타는 결에
후미진 골짝마다 잔설에도 피가 돌아
긴 사래 밝아도 오렴, 종다리여, 노래여.

내 눈은 내가 심은 눈물 도는 해바라기
내일이면 서럽도록 풀려 내릴 강물들의
상처를 어루만지자 포도주를 디루자.

봄나들이

대한이 소한 집에 가 얼어 죽었다는 말도 있고
우수절이 내일 모래로 성큼 다가서 있거니
추위가 무릎을 세운들 오는 봄을 어이 막으리

내일은 강 건넛마을 '토방'에도 한 번 들리고
봄 채소 같은 시인들 풋풋하게 한 번 만나고
어디라 물오른 봄 소식 흥건하게 젖어 올란다.

소망이라 파종한 것이 허망이란 쭉정이로
세월은 그런 거라고 늘 치부해 왔었지만
또 한 봄 빨랫줄 쳐놓고 청제비를 불러 볼란다.

버들꽃 날리는 날

삼 사월 허술히 가고 다시 열린 오월 하늘
버들꽃 환히 지는 이 천지의 대경大景 속에
한 점 논 바둑돌처럼 내가 맑고 외롭구나.

어제는 벗 소식에 흰 구름이 영을 넘고,
오늘은 네 생각에 먼 마음이 저무는데
볕 그늘 옮는 결에도 일고지는 희,비,원,근.

한세상 가자 하니 초록도 목마르다
삼백예순 다섯 날을 염주 헤듯 달래면서
내 국局은 어디쯤 왔나, 청산 아래 탑塔쯤 왔나.

가을이여

사흘 밤 사흘 낮을 가덕으로 내려와서
낮에는 가을 부르는 쓰르라미 울음소리
밤이면 별자리 옮기는 초충草蟲 소리 듣고 왔다.

독장수 독 무너지듯 번개 천둥 무너지고
산도 들도 바다까지도 온통 지쳐 내리더니
오늘은 청머루 빛으로 익어가는 가을 하늘.

세월이 지워 준 짐 풀잎에도 갚지 못하고
돌아온 등불 아래턱을 괴니 나는 탕아蕩兒네
벌주고 상도 주는가 가을이여 또 물들면서.

구월이 오면

찌는 듯한 삼복 염천이 어제런가 했었는데
어느새 땀 개인 산 빛이 구름으로 이마 닦고
돌아온 방랑아처럼 하늘 아래 나 앉았다.

아직도 별빛이 익자면 한철이 더 남았는데
맨드라미 꽃씨 같은 게 내 가슴에 왜 물리나
바람은 숲 속을 가르며 가르마 길 일으키고.

지난 일 되 밟히고, 떠나간 꿈 새로워라
풀벌레 자추는 소리 기름 붓는 밤이 오면
고향산 들국화 같은 등불 받아 켜리로다.

가을 앓이

진실로 외로운 자에겐 병도 또한 정이러뇨
세상살이 시들한 날은 자질자질 몸이 아프다
매화도 하 그루 곡조, 봄을 두고 앓는 걸까.

가진 것 하나 없어도 다 잃은 것만 같은
허랑히 보낸 세월이 돌아돌아 뵈는 날은
어디메 비에 젖어서 내 낙엽은 춥겠구나.

그 누가 쥐어 준대도 영화는 힘에 겨워
시인이면 족한 영위의 또 내일을 소망하여
한밤 내 적막한 꿈이 먼 들녘을 헤맨다.

추청秋晴

필시 무슨 언약이 있기라도 한가부다
산자락 강 자락들이 비단 필을 서로 펼쳐
서로들 눈이 부시어 눈 못 뜨고 섰나부다.

산 너머 어느 산마을, 그 덕 너머 어느 분교
그 마을 잔칫날 같은 운동회날 갈채 같은
그 무슨 자지러진 일 세상에는 있나부다.

평생에 편지 한 장을 써 본 일이 없다던 너
꽃씨 같은 사연을 받아 봉지 지어 온 걸 봐도
천지에 귓속 이야기 저자라도 섰나부다.

잔양기 殘陽記

햇빛이 적막한 햇빛이 또 하루를 건너간다
오늘 아침 전선 위에 줄지어 앉았던 제비
이 가을 하늘을 비우고 다들 어딜 갔는가.

어젯밤 귀뚜리 울음에 돌아앉아 물든 산맥
북녘땅 수자리 사는 아이 소식 궁금한 날
먼 날의 변방을 지켜 성벽 일사 금이 가고.

나달이 쇠털 같단들 잃고 보면 더 허망해
악연惡緣 같던 여름도 가니 땀 개이고 허전한 이마
오늘은 쇠잔한 뜨락에 맨드라미 꽃대만 탄다.

가을 답신

설사 세상 물정이 뒤숭숭하다 해도
군용기 헬리콥터가 잠자리로 뵈는 날은
우리는 어쩔 수 없이 가을 시를 써야지요.

더구나 임의 고을은 감이 익는 백로시절
미리내 한 자락이 북천北天으로 내린 날은
씻어 건 호미날 만큼은 날 빛 부시겠지요.

그까짓 뜬소문 같은 것 서산마루 띄워두면
그것도 해 질 녘이면 노을로 와 물이 들고
사람의 사는 이치의 눈망울에 고입니다.

겨울이 오면

가을은 잠시 왔다가 깃 하나를 떨구고 가고
길고 먼 겨울 군단軍團이 우리 앞에 오고 있다
나는 또 두텁고 무거운 털옷을 갈아입어야지.

사랑이니 눈물이니 낙엽들을 긁어모아
허전이 손이나 비비며 벽난로에 불 지피듯
이 삼동 겨울 한 철을 흔들의자에 실어야지.

파이프에 담배 한 대를 조용히 피워 물고
눈 덮인 관악산이나 무심잖이 바라보며
깊숙한 굴속에 앉은 짐승처럼 살아야지.

삼동三冬의 시

마른 국화 대궁 위에 싸락눈이 내리는데
아내는 뜨개질하고 나는 책을 뒤적인다
어스름 타는 유리창, 다녀가는 저녁 놀.

고추같이 매운 날에 푸리 둥둥 말이 없는
아내는 사철나무 사시사철 사철나무
바늘 귀 헛보는 자리 잘 못 앉은 주사위여.

고슴돋친 아궁이에 눈물 나게 불이 피면
쓴맛 후에 오는 단맛, 인생은 감초런가
곰곰이 새김질하며 살아가는 이 삼동.

춘소우春宵雨

밤비는 속절없이 머리맡에 피를 쏟고
생명의 조바심은 초침을 돌리는데
지척은 천 리로소이다 가깝고도 먼 자취.

이 밤을 다 기우려 부르는 봄 소식은
얼음 속 뚫고 나온 연미나리 아픈 사랑
가지 끝 하늘도 풀릴 불을 지피오리까.

당신의 영위 앞엔 누리가 다 열리어
실실이 푸르러 올 회청回靑의 가락이여
목숨이 부지不知턴 것을 하마 깨워 줍소서.

대춘부待春賦

하루는 비가 오고, 하루는 바람이 불고
애타는 실개천이 풀렸다가 조였다가
진실로 한 봄 오기가 이대로록 고되구나.

일찍이 사랑으로 미쁘던 이 동산에
은혜는 피를 먹여 상처마다 꽃 피우고
두견이 울음 터뜨릴 삼월이야 오리라고.

하루는 볕이 쬐고, 하루는 눈이 날리고
마침내 문이 열릴 크낙한 누리 앞에
무거운 목숨을 안고 고목처럼 지켜섰다.

3부

작약 순 오르는 날

시인이 외로운 날은 봄 하늘이 내려와서
우리 집 빈 뜨락에 모닥불을 피워 놨다
젖은 흙 자우룩 일으켜 작약 순을 올려놨다.

은 주고 못사는 것이 봄빛이라 하데 마는
내 봄은 불여귀不汝歸라 쑥 잎 뜯어 입에 문 것
그래도 세월 속 묻어 둔 정이 있어 눈을 뜬다.

내 시름 오르는 날 작약 순이 더 오르고
비비새 우는 날엔 꽃은 문득 이우리니
보내고 어여쁜 봄 앞에 우리 향불 놓으리.

연밭에서

삼복 무더운 날엔 연 밭으로 와보아라
무더운 세상사보단 훨씬 더 서느로운
맷방석만큼 한 잎을 훈풍 속에 볼 것이다.

서천 서역국에서 날아온 그 연잎이
아마 또 그쯤에서 실어 온 그 바람을
우리네 눈을 씻어라 펼쳐 보일 것이다.

이 세상 젤 큰 잎들에 이 세상 젤 밝은 꽃
노니는 잉어바람도 기름처럼 미끄럽고
하늘도 열고 선 못물을 금시 보아 낼 것이다.

연잎 우산 아주까리 우산

옛날에는 우리 아빠 들일을 나갔다가
푸른 비 쏟아지면 풍년 든다 좋아라고
뚝 꺾은 연잎을 쓰고 너울너울 오셨데요.

옛날에는 우리 엄마 밭일을 나갔다가
가랑비 만나는 날이면 옷은 비에 내맡기고
도로록 아주까리 잎 바쳐 들고 오셨데요.

요즘 나는 학교 갔다 빗방울만 떨어져도
맞으면 안 된다는 산성비가 두려워서
엄마가 마중 온 우산 둘이 쓰고 돌아와요.

목련 심경心經

하늘이 뜻이 있어 겨울나무 가지 끝에
은밀히 빈자리를 마련해 두었다가
봄날이 들기도 전에 꽃이 다녀갔습니다.

왜가리 같은 꽃이 무리무리 날아와서
사나흘 앓고 난 후 깃털 뽑아 흘려놓고
천지간 자취도 없이 사라지고 없습니다.

덧없는 봄날이야 오는 듯 가버려도
꽃보다 고운 철이 입철이라 하시면서
불현듯 피워낸 연초록 찰랑 찰랑 넘칩니다.

해바라기 삼장三章

1

해바라기 뜨거운 꽃밭에 징소리가 울려 퍼진다
당초문唐草紋, 불꽃 무늬, 승천도昇天圖가 울려 퍼진다
차라리 꽃은 귀먹고 눈이 멀어 섰는 채로.

2

너는 빈 날의 창검槍劍, 아니면 불타는 궁전
밤에도 식지 않는 꽃, 화판을 돌리다가
다시 날 진홍眞紅의 새벽을 전신으로 일으킨다.

3

동공에 화전火箭을 받은 들 욕망은 낙마 못하네
칠월 녹음을 누르고 단기單騎로 선 해바라기
궁예弓裔여! 돌이킨 창천의 아! 일륜一輪의 창업創業이여!

갈밭에 누워

지난해는 분국盆菊 하나로 가을볕을 달랬는데
생각이 강물 빛으로 서천에 가 닿은 날은
물살 질 기러기 한 마리 띄워 보내 보고 싶다.

연륜도 철이 깊으면 행주行舟 하는 하늘과 강
비슬산 가는 길의 갈대밭에 누웠자니
낮달이 갈잎을 물고 낙안落雁처럼 날아든다.

이승과 저승 사이가 서로 닮아 고운 날은
조그만 주머니칼로 갈뿌리를 깎노라면
어느새 갈대뿌리도 안족雁足 닮아 참 곱구나.

황국화黃菊花

그 숱한 고된 날들의 모닥불을 밟아 넘어
외론 맘 은선銀線 위에 한 하늘을 맑혀놓고
시월도 고비길에서 고여 오른 그리움.

사랑은 원무圓舞도 없이 잎이 지는 나달이야
큰 칼 쓴 내 춘향이 허수룩한 옷매무새
상심은 천 리 먼 생각 가고 아니 오더구나.

한 자국 돋우 밟아 높이 우는 밝은 향기
찬 별빛 가슴마다 서리에도 꿈은 더워
그것이 눈물이라도 피워야 할 황국화.

감

그것은 아무래도 태양의 권속은 아니다
두메산골 긴긴 밤을 달이 가다 머문 자리
그 둘레 달빛이 실려 꿈으로나 익은 거다.

눈물로도 사랑으로도 다 못 달랠 회향回嚮의 길목
산과 들 적시며 오는 핏빛 노을 다 마시고
돌담 위 시월 상천上天을 등불로나 밝힌 거다.

초가집 까만 지붕 위 까마귀 서리를 날리고
한 톨 감 외로이 타는 한국 천년의 시장기여
세월도 팔짱을 끼고 정으로나 가는 거다.

황국화 밝힌 밤에

얄팍한 고료를 받아 한 잔 술로 날 달래고
돌아오는 골목길에서 국화 한 분을 사 들었다
깊은 산 절벽을 우는 폭포 같은 현애국懸崖菊을.

언젠들 가난이야 시린 손의 입김인걸
천지의 적막 앞에 홀로 밝힌 등불이여
오늘 밤 만공滿空의 별이 내 집 위에 다 걸렸다.

하늘이 나무라면 내가 나를 타이르고
사람이 허물하면 내가 나를 용서하고
국화여, 한 오백 년을 산 것 같은 이 밤일세.

모과

시골서 보내온 모과 울퉁불퉁 생긴 모과
서리 묻은 달 같은 것이 광주리에 앉아 있다
타고난 모양새대로 서너 개나 앉아 있다.

시골서 보내온 모과 우리 형님 닮은 모과
주름진 고향산처럼 근심스레 앉아 있다
먼 마을 개 짖는 소리 그 소리로 앉아 있다.

시골서 보내온 모과 등불처럼 환한 모과
어느 날 비라도 젖어 혼자 돌아오는 밤은
수수한 바람 소리로 온 방 안에 앉아 있다.

꿀 따러 가세

나는 애당초 꿀벌, 밀원 찾아가는 꿀벌
시조라는 촉끼 하나로 채밀採蜜하는 작은 일벌
아흔 해 역사를 했더니 이젠 날개도 마사 졌네.

서울살이 오십 년을 지치고 부대끼고
불개미 같은 세상 설 자리가 전혀 없어
낯설은 산골 마을로 분봉하여 나앉았네.

죽지 않고 살았더니 강산에는 봄이 오고
강 건넛마을에도 흐드러진 풀꽃 소식
또 한 봄 여윈 몸 추슬러 꿀 따로나 가 볼거나.

강

설움도 애정인 양 멍이 드는 가슴 안고
손짓하는 하늘 따라 울어 예는 연연한 강아
푸른 꿈 펼친 옷자락 거둘 길이 없구료.

갈수록 설레이는 허구한 나달아요
그 누가 엎질러 논 죄 모습의 거울 앞에
어룽진 구비를 돌아 나 여기를 왔구료.

스스로의 목메임을 다스리는 인고런가
풋나무도 못 자라는 불모의 유역에도
뉘우침 뉘우침처럼 돋아나는 민들레꽃.

4 부

하늘 아래 살고싶다

소용 들던 물난리도, 울부짖던 그 태풍도
가을빛 하도 높아 아스라이 잊었는가
허공도 제 울음 다 쏟고 곡간 텅텅 비어 있다.

지친 산 지친 물들 바랑 메고 돌아와서
하늘빛 받아 입고 가지런히 내려앉아
흥건히 햇살에 젖누나, 바람 빗질하누나.

집 보는 맨드라미, 거울 닦는 당국화꽃
손잡고 길 나서면 앞장서는 코스모스
고즈늑 그런 집 세우고 하늘 아래 살고 싶다.

조국

행여나 다칠세라 너를 안고 줄 고르면
떨리는 열 손가락 마디마디 에인 사랑
손닿자 애절히 우는 서러운 내 가얏고여.

둥기둥 줄이 울면 초가삼간 달이 뜨고
흐느껴 목메이면 꽃잎도 떨리는데
푸른 물 흐르는 정에 눈물 비친 흰 옷자락.

통곡도 다 못하여 하늘은 멍들어도
피맺힌 열두 줄은 굽이굽이 애정인데
청산아 왜 말이 없이 학처럼만 여위느냐.

날빛 잔치

여주 이천 양평을 누비며 구비 돌던 남한강이
구리九里시 토평에 와서는 강물 빛이 하도 고아
치마폭 한 자락 이끌고 성큼 둔치로 올라섰네.

꽃밭이 강물에 들면 물길 천 리가 일렁이고
강물이 꽃밭에 오르면 유채밭도 어지러워
꽃과 물 어우러진 채 한판 잔치 벌였네.

강물이 더 고운가 내 사랑이 더 고운가
빛 주고 눈물 주고 씨줄 날줄 걸어주면
우리도 강물과 꽃밭, 흠씬 젖어 가려네.

애모 愛慕

서리 까마귀 울고 간 북천은 아득하고
수척한 산과 들은 네 생각에 잠겼는데
내 마음 나뭇가지에 깃 사린 새 한 마리.

고독이 연륜마냥 감겨오는 둘레 가에
국화 향기 말라 시절은 또 저무는데
오늘은 어느 우물가 고달픔을 긷는가.

일찍이 너 더불어 푸르렀던 나의 산하
애석한 날과 달이 낙엽 지는 영마루에
불러도 대답 없어라 흘러만 간 강물이여.

조그만 날의 곡조

곰곰이 불씨를 모아 상기 먼 봄을 가늠하며
간구한 미염米鹽의 길에 옷깃 여며 사노라면
이 철도 회포라리까 절로 겨운 이 마음.

우수절 해동 빗소리 종일을 타이르듯이
진실로 조그만 날에 흐느끼는 내 곡조는
개울가 실버들 가지 물오르듯 합니다.

봄이야 꽃들도 많아 차라리 적막하지만
그래도 눈여겨보면 눈물도 속잎 피는데
탓 없이 고향길 가듯 또 한 봄을 가리까.

설화조 設話調

내 만약 한 천 년 전 그 세상에 태어났다면
뉘 모를 이 좋은 가을날 너 하나를 훔쳐 업고
깊은 산 첩첩한 골로 짐승처럼 숨을 걸 그랬다.

구름도 단풍에 닿아 화닥화닥 불타는 산을
난 널 업고 올라 멧돝처럼 숨이 닳고
너는 또 내 품에 안겨 달처럼을 잠들 걸 그랬다.

나는 범 쫓는 장한壯漢 횃불 들고 산을 건너고
너는 온유의 여신 일월에나 기름 부으며
한 백 년 꿈을 누리어 청산에나 살 걸 그랬다.

종주終走

어제는 관악산 장군봉에 올라보고
오늘은 왼 종일을 방에 들어박혀 있다
산 위에 올라도 그렇고, 누어봐도 그렇고.

장군봉이 높다 해도 오백 미터 남짓이고
하루해 지루하대도 고작 24시간뿐
그런데 왜 높다 하는가, 지루하다 하는가.

짧고도 덧없는 것이 인생이라 한다지만
행로는 너무 멀어 높고도 아득한 것
마지막 남은 한 바퀴 그 종주從走가 숨이 차다.

세월의 흔적

그제는 부산에서, 어제는 익산에서
오늘은 미국에서까지 새해 안부 물어 왔느니
한 뙈기 채소밭만 한 태평양이 너무 곱구나.

일전엔 고향에 내려가 만나 본 예 친구들
서로 닮은 인생살이에, 서로 닮은 그 얼굴들
보리밭 이랑에 놓이는 햇살처럼 따뜻하더라.

눈물보다 고운 자리가 이 세상에 또 있던가
세월이 주고 간 이야기 서로 엮어가노라면
이마에 실리는 주름살 다시 봐도 싫지 않더라.

탑

이 세상 아무 걸로도 채울 수 없는 자리
그 누가 돌을 다듬어 탑이라고 세워놓고
눈멀 듯 사무친 정을 세월에다 부쳤구나.

영원과 수유의 밖에 눈을 감고 서 있는 돌
창망히 일륜一輪은 돌고, 제 그림잔 무거웁고
정 들어 탑엽塔葉을 치면 핀들 아니 흐를까.

가만히 귀 여기면 탑은 정녕 멍이던가
물구름 불망의 넋을 울어 예는 먹뻐꾸기
골골이 메아릴 불러 못을 박아 예노니.

조인釣人일기

낡대를 어깨에 메면 재를 넘는 구름 있고
그 재를 넘어서면 날 부르는 호수 있느니
더러는 한 채 긴 낡대에 염念을 걸어 볼 일이다.

푸른 산 골 깊이에 뼈꾸기나 울려놓고
세상살이 씁쓸한 맛은 쑥잎 뜯어 입에 물고
물 구름 세월의 행간行間에 줄을 던져 볼 일이다.

물리면 은척銀尺이요, 안 물리면 빈 달빛을
인간사 득실得失이야 어롱魚籠으로 거둬 들고
청산 그 저무는 법을 우리 배워 올 일이다.

산이 나를 따라와서

동화사 갔다 오는 길에 산이 나를 따라와서
도랑물만 한 피로를 이끌고 들어선 찻집
따끈히 끓여 준 차가 단풍만큼 곱고 밝다.

산이 좋아 눈을 감으신 부처님 그 무량감
머리에 서리를 헤며 귀로 외는 풍악楓岳 소리여
어스름 앉는 황혼도 허전한 정 좋아라.

친구여 우리 손들어 작별하는 이 하루도
천지가 하는 일들의 풀잎만 한 몸짓 아닌가
내일은 설청雪晴의 은령銀嶺을 다시 뵈러 또 옴세나.

내 마음이 있습니다

저무는 먼 숲 속에 싸락눈이 내리듯이
영혼의 허기 진 골에 내 일모日暮는 쌓이는데
보채는 저녁놀 같은 내 외롬이 있습니다.

피묻은 발자국을 두고 가는 낙엽들의
무덤으로 가는 길은 등불만 한 사랑으로
오늘도 밝혀야 하는 내 설움이 있습니다.

한 오리 실바람에도 흔들리는 물결 속에
차고도 단단한 물먹은 차돌처럼
오늘도 지니고 사는 내 마음이 있습니다.

5부

그 친구가 보고싶다

— 晩春 卞鶴圭에게

천호동 천호동이라니 이제는 몇 만호동
일찍이 이 마을에 조그마한 터를 잡고
가난이 복이라면서 휘청! 휘청! 살고 간 친구.

매시꼬운 세상살이 멀미가 난다면서
남부러운 좋은 직장 마다하고 떠나간 친구
두고 간 그 뒷모습이 오늘따라 자꾸 밟힌다.

애명 글명 살아보았자 인생살이 그저 그것
돌아보는 법도 없이, 후회하는 법도 없이
한 세상 길떠나기가 어디 그리 쉽답디까.

상주로 가는 길

서리 묻은 달빛 같은 상주삼백곶감 한접
눈앞에 받아놓고 옛 시절을 더듬는다
달래도 잠 못 드는 정 인생이라 하던가.

상주는 내 인생의 첫머리에 솥 부친 땅
여남재旅南齋 넘어서서 공성 청리靑里 오가던 길
찍고 온 발자국마다 눈물 돌던 그 시절.

푸른 꿈 풋풋하던 낭자머리 그도 가고
세월도 다 갔는데 나만 혼자 여기 남아
눌러도 고개 드는 정 풀빛 돋듯 돋는다.

서울 조춘

다른 이는 어떻게들 생각는지 혹 몰라도
나 보기엔 서울의 봄이 도봉산 허리를 먼저 넘어와
인수봉 잘 생긴 이마를 햇살로나 닦아 주더라.

우리들 저지른 죄값들 받을래야 하도 무겁고
하늘은 차라리 새로 난 햇살이나 보내주어
속죄양 외로운 뿔 같은 가로수나 만져 주더라.

더러는 나 같은 사람 단장이나 짚게 하고
때로는 강둑 같은 곳 혼자라도 걷게 하여
민들레 꽃 돋을 자리가 어디인가 보여 주더라.

서울의 버들가지

서울의 버들가지는 눈 뜨기가 그리 힘 든다
목숨도 짐짝 같은 중앙교 너머 길에
상기도 어두운 가지를 드리우고 섰는 버들.

한 달 내 바람이 불고, 실비[細雨]마져 내렸었고
오가는 차창 너머 내 입김도 보탰건만
삼월도 막가는 날인데 감은 눈을 뜨지 못한다.

겨울도 봄도 채 아닌 이 방황의 긴 한철을
차라리 춘한[春寒]을 덮고 도로 한잠 잘랬더니
이미 저 남녘 강구[江口]엔 흔들리는 물결소리.

겨울 관악

낙엽들 다 지우고, 골도 훤히 틔워놓고
나무는 나무끼리, 바위는 또 바위끼리
까투리 까투리 빛으로 가라 앉고 있는 관악.

이런 날 하늘빛은 가슴으로 무거워서
솔빛도 우렁우렁 징소리를 하고 있고
산머리 걸리는 시름 흰 눈발도 서성인다.

비울 것 다 비워야 담길 것도 담겨지나
저렇게 허虛한 것이 온 골 안에 실려 있는
저문 산 넉넉한 둘레를 등에 업고 우는 범종.

관악산

돌 사이 이끼나 가꾸며, 무심이나 잘 가꾸며
가사 그 멧새 한 마리 깃털이나 잘 가꾸며
관악은 수묵색 입은 채 하늘 밖에 누워 있다.

누리에 미치는 근심, 골도 깊은 저 주름살
자우룩 흰 눈발이 휘모리로 치는 날은
먼 발치 철쭉꽃 같은 장안 불빛도 가꾸느니.

아침 해 드맑은 날이면 고운 신색身色 갈아입고
온유한 말씀으로 나 곕시는 저 관악산
한 잔 차 닳이량이면 솔바람도 먹을 간다.

춘천 가는 길

봄 여름 가을도 보내면 산도 저리 늙는 걸까
흐르는 강물 줄기 그도 울음 다 거둔 날
망막에 이끌리는 길, 경춘 가도 외줄기 길.

산안개 물안개가 골골마다 젖어들어
차창에 기대앉아 나도 따라 젖노라면
이 길이 만 리면 좋겠네, 천 년이면 좋겠네.

염주도 잘 굴리면 감은 눈을 뜬다는데
굴리는 내 사랑을 저 강물이 모를 거나
사랑아 목매지 마라, 강산 너도 울지 마라.

정선 아리랑

이틀은 일산에서, 사흘은 또 서울에서
한 닷새 연강連講을 했더니 늙은 몸이 파김치다
오늘은 낮잠을 불러 청산에나 기대 볼거나.

장마는 너무 지치고, 가뭄에는 목마르고
심심 산골 물레방아는 물줄기만 입에 문 채
돌고 또 돌고 돌아도 속 타기는 매한가지.

비가 오면 비가 걱정, 날 가물면 가뭄 걱정
강원도 정선 아리랑 아우라지 뱃사공아
아리랑 고개 고개로 나를 넘겨주시게나.

팔당八堂에 와서

가사 팔당 같은 곳 봄 한 철에 찾아와서
하루해 강바람에 배를 맡겨보는 것은
온몸에 비늘이 돋쳐 강물 가는 일이란다.

언젠들 우리 목숨이 몇 만 년을 물빛 받아
타고난 눈물 같은 것 널어 말릴 강기슭과
나룻배 건너듯 하는 이 저승이 있었던가.

강물도 강물 나름의 속울음을 울다가는
모른 체 언덕에 올라 실버들을 풀어놓고
백사장 저만치에서 눈빛 글썽이더라.

양수리 연밭

가평 청평 푸른 산 빛이 떠내려와 연잎 되고
여주 양평 맑은 물빛이 실려와서 연꽃 됐네
남한강 북한강 둥둥 팔월 한철 뜨는 연밭.

이 저승 보는 법을 연밭 보듯 바라보자
슬픈 일, 기쁜 일들 짝을 지어 고운 세상
천지도 등불 나들이 연꽃 들고 왔잖는가.

우리도 저 강물처럼 흐르다가 서로 만나
산과 물 서로 비추면 연분 하여 꽃밭 될까
한 만 평 세월을 펼치면 흔들리는 연밭 될까.

청주행淸州行

화롯불 다독이듯 다독이는 이 한철은
청주로 가는 길이 가슴으로 열리는데
아득히 스치는 눈발, 스쳐 가는 이 산하.

우리네 한 세월도 뿌리고 온 눈보라도
차창에 싣고 보면 하루해 길 아니던가
한 구비 버리고 가면, 다가서는 한 구비.

내 눈발 구어 낸들 사리舍체 될 리 없건마는
비바람 걸친 고목 인연이란 가지 끝에
남겨 둔 까치밥 같은 딸 아이 집 찾아간다.

백제 고분에서

호수로 갈까 하고 산책길을 나섰다가
문득 발길을 돌려 백제 고분 찾아간다
고분이 호수길 보다 호젓하기 때문이다.

거길 가면 하늘 이야기 심고 섰는 솔밭 있고
거길 가면 백제 이야기 들려주는 새가 울고
천 년 전 백제로 오가는 오솔길이 거긴 있고.

나도 이제 나이테를 감을 만큼 감았는지
둥근 해 해돋이보다 해넘이가 더 편안해
시시로 고분을 찾아와 낙일 앞에 혼자서 본다.

불국사 봄에 와서

불국사 다보탑이, 피리 불 줄 아는 탑이
한 천 년 빛을 모아 다시 부는 봄 피리에
토함산 두루 산색이 연보라로 열리네.

산수유 망울지면 부연 끝 피어나고
한 세월 부처님도 산을 기대 조는 날은
때 묻어 살아온 길이 허덕 흥심 풀리네.

산문 밖 두고 온 정 반은 죄요, 반 눈물을
영지 이는 물결 무슨 수로 재우리까
팔십을 밟아 돌아도 내사 탑은 못 됐네.

을숙도乙宿島

세월도 낙동강 따라 칠백 리 길 흘러와서
마지막 바다 가까운 하구에선 지쳤던가
을숙도 갈대밭 베고 질펀하게 누워 있데.

그래서 목노 주점엔 대낮에도 등을 달고
흔들리는 흰 술 한 잔을 낙일 앞에 받아 놓면
갈매기 울음소리가 술잔에 와 떨어지데.

백발이 갈대밭처럼 서걱이는 노 사공도
강물만 강이 아니라 하루해도 강이라며
김해 벌 막막히 저무는 또 하나의 강을 보데.

제주를 가며

오늘은 제주를 간다 오후 2시 항공기 편
나는 혼자 앓는 아내를 서울에다 두고 간다
얼마나 하늘의 길이 외로운가 둥실 떠본다.

비행기가 높이 떠올라 항로의 중심을 잡으면
아득히 기창 밖으로 펼쳐지는 구름바다
옛날엔 저 구름바다에 뒹굴고도 싶었는데.

저승 가는 길도 구름바다 저 너 너머라면
그렇다면 그 길마저도 너무 멀어 외롭겠고나
곰곰이 생각을 굴리면 고도 팔천의 무량감이여.

보문사에 올라

차 몰아 한나절 길, 배를 띄워 한나절 길
보문사 가는 길은 반은 지친 하루해 길
지쳐서 더 고운 길이 절 가는 길 아니던가.

산 위에 오를수록 하늘빛은 더욱 멀고
사랑이 어여쁜지, 눈물이 어여쁜지
도시가 분간도 못 할 마애석불 흘린 미소.

홍엽에 둘린 섬이 바다에 또 둘리면
한갓진 외로움에 돛배 하나 떠서 가고
낙가산 쇠북소리에 절만 아득 다 묻힌다.

적조암寂照菴

마음이 외로운 날이면 적조암에 오릅니다
법당의 부처님은 옷자락이 하도 넓어
떡갈잎 한 장만 받혀도 달 뜨듯이 웃습니다.

마음이 즐거운 날에도 적조암에 오릅니다
산에 핀 산국화는 물소리만 먹고 자라
솔바람 한 번만 스쳐도 풍경소리 울립니다.

허전한 단장을 이끌어 적조암을 찾은 날은
스님도 절 비우고, 골 비우는 때가 있어
개울물 흐르는 소리나 짚고 산을 내립니다.

공림사空林寺

낙엽이 떨어지면 몇만 길을 내려앉나
공림사 가는 길은 무릎까지 빠지는데
한 오리 연기나 올리며 절이 거기 살더이다.

한 사흘 묵은 정이 삼생으로 이어져서
설해목 같은 스님 일으키는 새벽빛에
도량석 나도 밟으면 산 빛 밝아 오더이다.

낙목이 그린 산 빛, 눈 소식이 덮은 하늘
만목에 실린 적막, 등에 지고 내려서니
부처가 부처 되는 길 밟아 가라 하더이다.

설산雪山 앞에서

저렇게 고요한 함성이 어느 하늘에 숨었다가
두 손을 높이 흔들며 함박눈이 쏟아지나
이 세상 상처 난 자국 순백純白으로 덮어주며.

이레 밤 이레 낮을 나를 불구로 만든 폭설
히말라야 그보다 더 높은 저 준엄한 관악 설산
햇살은 민들레꽃밭 시방 정상에 앉아 논다.

온 세상 길이란 길들 장설丈雪 속에 묻어두고
만 리에 인적 끊겨도 천둥처럼 사무친 것
사랑아! 화창한 봄날아! 맨발 벗고 오려무나.